푸른사상
시선

114

노을의 시

권서각 시집

푸른사상
PRUNSASANG

푸른사상 시선 114

노을의 시

인쇄 · 2019년 11월 30일 | 발행 · 2019년 12월 5일

지은이 · 권서각
펴낸이 · 한봉숙
펴낸곳 · 푸른사상사

주간 · 맹문재 | 편집 · 지순이, 김수란 | 마케팅 · 김두천
등록 · 1999년 7월 8일 제2-2876호
주소 · 경기도 파주시 회동길 337-16(서패동 470-6) 푸른사상사
대표전화 · 031) 955-9111(2) | 팩시밀리 · 031) 955-9114
이메일 · prun21c@hanmail.net
홈페이지 · http://www.prun21c.com

ⓒ 권서각, 2019

ISBN 979-11-308-1482-7   03810
값 9,000원

푸른사상 시선 114

노을의 시

　손꼽아 헤어보니 문단 말석에 이름을 올린 지 42년이 되었
는데, 이제 세 번째 시집을 낸다. 전의 시집도 2쇄에서 끝났다.
시를 공부하며 시를 가르치며 늘 시와 함께 있었는데 시집 한
권 낼 만큼의 시를 쓰기가 이렇게 오랜 세월이 필요한지 예전
엔 미처 알지 못했다. 늘 시에 목말라하면서도 성에 찬 시를 쓰
지 못한 탓이리라. 부끄럼을 무릅쓰고 세 번째 시집을 낸다. 제
목을 '노을의 시'라고 붙인 것은 내가 사는 곳에서 가까운 무섬
마을에서 바라보는 저녁노을만큼의 미학적인 시 한 편 언젠가
는 쓰리라는 소망에서다.

2019년 가을
권서각

| 차례 |

■ 시인의 말

제1부

제2부

제3부

제4부

제5부

제1부

대동소이

초등학교 졸업하자마자
재수도 하지 않고 지게 대학 갔다던 친구
내 이름 부르지 않고 권 박사라 부른다
나란히 서서 오줌 누다가 힐끗 보고 왈
대동소이하네, 낄낄낄
몸으로 수고로이 살아온 너나
골머리 썩이며 살아온 나나
친구야, 우리 참으로
대동소이(大同小異)하구나

갈대

겨울이 오는 강언덕
쇠할 대로 쇠하여도
차마 떠나지 못하고
가벼운 몸 바람에 기대어
목소리마저 잠긴 채
여윈 팔 들어 갈필로
차마 못다 한 말
허공에 적는가

월장

봄엔 그 집 목련 고개 들어
담장 밖 내다보더니
한여름 능소화 담장을 넘었다
누군지 모르지만, 오래된
그리움 품은 사람 사는가 보다

날이 저물면

아이들은 밤하늘의 별을 세고
아재들은 그날 번 돈을 세고
아지매들은 밥상 위의 숟가락을 세고
할배들은 벤치에 앉아 나이를 센다
가끔 틀리기도 하면서

노을의 시

느릿느릿 나무 의자 문밖에 내놓고 앉아
천천히 눈 들어 먼 하늘 바라본다
긴 여정을 끝낸 여름 해는
죽을힘을 다해 꼴깍 서산을 넘는다
하늘가에 붉은 노을로
절명시 한 편 걸어놓고

시의 경제학

오랜만에 시 한 편 썼다
고료 삼만 원 받아
뻥튀기 한 자루와 담배를 사서
어깨에 메고 집으로 온다
방에 들어 담배를 피우니
금세 연기가 한 방 가득이다

산수의 시

늘 산수가 꼴찌였다
그럭저럭 졸업하고
한 여자를 사랑했다
둘 사이의 공간이 0으로 수렴하도록
온몸과 온 마음으로 힘껏 안았다
마침내 1+1=1의
산수 공식이 완성되었다

간고등어

온몸에 가시를 박고 살다가
자글자글 불에 구워져
내 밥상에까지 왔구나
누군가 소금까지 뿌렸구나
얼마나 아픈 세월이었느냐
이제 가시를 발라주마

폭설

이따금 폭설이 내려
집과 집으로 난
마을과 마을로 난
길을 지워버리는 것은
그리하여 너와 나를 오도 가도 못하게 하는 것은
사람과 사람이 그리 쉽게 만날 수 있는 게
아니라는 것을 일러주려 하심이다
그리하여 그리움의 전용도로인
하얀 길을 만들게 하려 하심이다
그리하여 눈이 녹을 때까지
밤새워 긴 편지를 쓰게 하려 하심이다
그리움의 자음과 모음이
맨발로 하얀 길을 가게 하려 하심이다

달력도 없이

오늘은 산수유가 노랗게 피고
내일은 목련이 하얗게 피고
나무들은 날짜를 받아놓고
꽃을 피웠다
오늘은 단풍나무가 붉게 물들고
내일은 상수리나무가 잎을 떨군다
모든 잎이 지고 나면
마지막으로
눈이 내릴 것이다.
나무는 글을 몰라도
모든 걸 다 안다
달력도 없이
온 마을 제삿날 다 아시는
띠띠물 할배처럼

하나

사람들 나보다 돋보이는 날

무료히 내가 가진 것

손꼽아 헤어본다

몸 눕힐 방 한 칸

밥상 위에 숟가락 하나

살 가릴 옷 한 벌

등에 가방 하나

가방에 시집 한 권

주머니에 동전 하나

처마 밑에 지팡이 하나

하늘에 내 별 하나

이따금 옆구리 결리는 옛사랑의 기억 하나

하나하나 헤어보니

퍽 여럿이네

달마도

산은

아침저녁 오르는

사람들에 밟혀

당나귀 자지처럼 까져

사람들 향해 팔뚝욕 하다가

그래도 자꾸만 오르는 사람들 견디며

고행하다가

도가 터져서

사람의 집 찾아가

달마 되어

걸려 있네

부석사

먼 신라의 수행자 되어

무거운 걸음으로

의상 대사 지었다는 부석사를 찾는다

백팔번뇌 뜻한다는

백팔 계단 오르면

아미타불 정좌하신 무량수전 앞뜰

석등 가는 다리 더욱 적막하고

적막하다고 풍경 소리 울어도

산사의 적막 넘치지 않고

절 마당 달빛 가득해도

가득한 달빛 넘치지 않네

염불

노스님 만나러 극락사에 갔다
스님, 건강은 어떠십니까
늙었으니 눈도 침침하고
귀도 먹먹하고
다리도 성찮고 그렇지 뭐
이제 고기도 좀 드시고
건강도 돌보셔야지요
고기 먹으나
나물 먹으나
그기이 그기지
그래도 나물하고 고기하고 같습니까
소가 나물 먹고 컸으니
소 먹으나 나물 먹으나
그기이 그기지……
돌아오는 길
숲속에 새 몇 마리 염불을 한다
그기이 그기지
그기이 그기지

산 아래까지
염불 소리 따라오고

제2부

낟알

이 풍진 세상에 한 알의 낟알로 태어나
껍질이 벗겨지는 아픔을 겪으시고
쌀
이 되시다
뜨거운 솥에서 고난을 겪으시고
밥
이 되시어, 도반들과 더불어
구절양장 머나먼 고행의 길을 거쳐
해우소에서 면벽수도, 용맹정진 하시다가
문득, 해탈하시어
똥
의 형상으로 부활하시다
이 밭 저 밭 다니시며
이 세상 살아 있는 것들의
거름이 되시더라

단비

비가 내려
시든 고추 포기에 닿았다
잎, 가지, 줄기, 뿌리
부드럽게 어루만지며
실뿌리까지 깊이 스몄다
고추가 빳빳해졌다

사이

행복은 어디에 있을까
높이 올라가면
돈을 많이 가지면
미인을 얻으면 행복할까
나와 너 사이
나와 다른 누구 사이
너와 다른 누구 사이
우리 사이, 사이
보이지 않는 선으로 이어져 있지
그 선이 많을수록, 따뜻할수록
우린 행복해지지 않을까
행복은
너에게로 가는 길
너와 나 사이 어디쯤에 있는 건 아닐까

산딸기 따는 법

산길을 가다가
산딸기나무를 만났다
딸기는 얼굴을 붉히며
잎 속에 숨었다
길섶에 쭈그리고 앉아
산딸기를 찾는다
손을 내밀어 가시에 찔리며
숨은 놈을 찾아야 한다
쉽게 딸 수 있는 놈이 있고
버티는 놈이 있다
쉽게 딸 수 있는 놈은 달콤하지만
버티는 놈은 시금털털해서
먹을 수 없다
길섶에 쭈그리고 앉아
손등을 찔리면서 천천히
산딸기나무에게
산딸기 따는 법 배운다

고로쇠

아프지 않다고 했다
입원하지 않겠다고 했다
아무리 꼼수가 대세라지만
의사 면허도 없는 자들이
멀쩡한 고로쇠나무 옆구리에 빨대를 꽂고
오줌통을 달아놓았다
그래도 명색이 민주공화국인데
이른 봄 고로쇠, 오줌통을 단 채
아랫도리도 가리지 못한 채
대한민국 산비탈에
억울한 자세로 서 있구나

꿀밤

숲길을 혼자 걷는데
툭! 머리에 꿀밤이 떨어졌다
어린 시절
골목길 아장아장 걷는데
귀엽다고 툭!
꿀밤 먹이시고 빙그레 웃으시던
토지에 나오는 용이 아재처럼
잘생긴 얼굴, 등에 얹힌 빈 지게
뿔 너머로 펼쳐진 푸른 하늘
오래 잊었던 고향산천
툭! 펼쳐진다

내비도

산딸기나무에 산딸기가 열려 있었다
입에 침이 고여 손을 뻗어 보았지만
손 닿는 것은 누군가 다 따 가고
손 안 닿는 것만 더욱 붉다
내 어릴 때 먹어봐서 그 맛 아노니
그냥 내비두자
돌아서 내려오며 걸음마다 왼다
내비두자, 내비두자, 그냥
내비도(道)

벚꽃

어느 봄날 보았던 그 꽃

눈부시게 아름다워

발가락 사이까지 순결할 것 같아

차마 그 이름 부르지 못했다

어느 봄날 무심히 던진 시선의 끝

그야말로 화사(華奢)하게 피어

소리 내면 하르르 떨어질 것 같아

차마 그 이름 부르지 못하고

돌아서서 소리 죽여

가만히 불러본다

나뭇잎은

봄 여름 물음표로 손을 들더니
이 가을 저물 무렵 집으로 돌아가는
쉼표로 구부러진 사내의 어깨 위에
느낌표로
하나
둘
떨어지는구나

하이쿠풍으로

새해 첫날 내 발길은 동해 바다 해돋이 보러 가는데
내 나이는 서산마루 노을을 향해 가고 있다

빵구

카센터 앞
붉은 스프레이로 '빵구'라고 쓴
간판 서 있다

서방 어느 나라에서 태어나
섬나라 일본에 고난을 겪으시다가
조선의 먼 친척 방귀 찾아 오셨는지

국어사전에 오르지도 못하고
대한민국 바람 찬 거리,
불법체류 외국인 노동자처럼
서 있구나, 빵구야

* 빵구 : 영어의 'puncture'가 일본어의 '빵꾸'가 되었다가 우리나라에
  서 '빵구'라고 불렀다고 추정함. 펑크(punk)라고 말하는 이도 있으
  나, 이는 빵구의 뜻과는 무관한 말임.

역설

무릎이 귀에 닿는 할머니 곁에
손자가 앉아 있다

할머니
할머니
할머니의 소원은 뭐예요?

나야 뭐 소원이랄 게 있나
그저 일찍 죽는 거지

아득한 할머니 눈길
저 먼 아지랑이 너머
새로 돋는 풀잎에
닿아 있다

짐을 지다

초보 나무꾼 시절
땔나무 한 짐 버겁게 지고 오는 길
쉬어 가려다가 지게 목발 잘못 내려
그만 나뭇짐 쓰러지고 말았다
흩어진 검불 끌어모아 다시 짐 만들어
일찍이 무거운 짐 진 자 되어 집으로 오는 길
늙은 농부 하나 지나는 말로
지게귀신이 아직 등에 붙지 않았구나
세월이 흐르고 또 흐른 뒤
삶의 무게 이기지 못하여
문득 지나온 길 뒤돌아보면
티끌 자욱한 저 들길로
버거운 짐 진 아이 하나
아직도 혼자 가고 있다

제3부

꽃은 피고 물은 흐르고

안주는 뭘로 하실래요?
아무거나 주소, 하면
그런 안주 없는데요
하기 일쑤지만, 무섬마을
'꽃은 피고 물은 흐르고'의
수염 긴 주인장은 다르다
아무거나 주소, 하면
예, 하고 정말 아무거나 가지고 와서
아무거나 나왔니더, 한다
거침이 없고 막힘이 없어라
꽃이 피고 물이 흐르듯

참으로 용하신 당신

선성 김씨 유학자 운학 선생 후손이나
선대 안빈낙도하시다가 가세 곤궁하여
신교육 못 시키시어 일자무식하신
김중현 씨는 서각 시인의 외숙부시다
일찍이 자녀 교육을 위해
이농하셔서 마루보시에서 일하시어
아들 하나 딸 둘 대학 공부시키시고
퇴직 후에도 일용직 노동자로
몸을 움직여 일하시었다
젊은 시절 인물 좋으시고
마음씨 좋으셔서 따르는 이도 많았지만
셈이 어두워 월급 타서 외숙모 드리고
재봉틀 바늘처럼 일터와 집 사이만 왕래하신 그분
남 어려운 걸 그냥 보지 못하고
손보아야 할 것 그냥 지나치지 못하고
몸 움직여 일하는 걸 천명으로 아시던 분
사람들은 외숙부를 용하다 하였다
내 집 마련 못 하여 수없이 이사 다니시었지만

가는 동네마다 용하다는 말을 끌고 다니셨다

말수가 적으셨고, 누가 당신보고

법 없이도 살 사람, 용한 사람이라 하면

인물 좋은 얼굴로 빙그레 웃으시던

그분이 쓰러져 중환자실에 계시다는 소식에

같이 일자무식하시고 용하신 우리 어매

죽기 전에 동생 보아야 한다고 하시기에

우리 어매 모시고 병실에 갔다

코넬대학 의대 졸업한 손자도 손쓸 수 없다는

우리 외숙부 김중현 씨

적던 말마저 그나마 못 하시고

더 용해지셔서 아예 고요하시다

* 마루보시(丸星) : 대한통운의 일제 때 이름.

* 용하다 : 성질이 순하고 어리석다. 경북 북부에서는 착하고 정직하
   다의 뜻으로 쓰임

삼국지풍으로 이름나기

허수아비에 쫓기고
농약에 쫓기고
사람에 쫓기며
방앗간 뒤켠에서
깨진 좁쌀 조각 쪼으며
오랑캐꽃처럼 울었다
참새만 한 게, 라고 하고
수풀에 앉은 새라고 함이
나를 두고 이름이라
아, 엄혹한 세월 근근이 살아서
좋은 날 오려나 했더니
금강산 온정리 포장마차에선
통째로 구워져
사람들의 소주를 도왔도다
이게 얼마 만의 참새구이인가
반가워하며, 그래도 이름만은
'참새'라고 불러주니
세상에 그 이름 헛되이 나는 법 없느니

도라지 까며 울다

남편이 사업에 실패하자
숫기 없는 끝순이가 주모가 되었다
서툰 글씨로 간판을 달았다
그녀의 이름을 따서 끝순네라 했다
맘씨 좋고 솜씨 좋고 맵시 좋아
금방 소도시의 명소가 되었다
일찍 퇴근한 날 첫손님으로 문을 열자
그녀는 도라지 까며 눈물을 짜고 있었다
울다가 부끄러워 웃고 있었다
부끄러워 말게, 끝순네
혼자 울어본 적 있는 이
그대뿐이 아니라네

보-ㅁ 모-니껴?

보면 모릅니까? 의 안동 말은
보-ㅁ 모-니껴?
보와 모를 강하게 발음한다.
아는 이는 알고 모르는 이는 모른다, 의 안동 말은
아-니는 아-고 모-니는 모-ㄴ다.
아와 모를 강하게 발음한다.
따라 해볼래요?
보-ㅁ 모-니껴?
아-니는 아-고 모-니는 모-ㄴ다.
입으로 여러 말 하는 것보다
마음으로 느끼는 것이 낫고
몸으로 실천하는 것이 낫다는
인식이 몸에 밴 말투다.
농사철 땀 흘리며 일하는데
양복 입은 면장님이 찾아와서
올해 농사는 어떻습니까? 하면
보-ㅁ 모-니껴? 하고
선거철 높으신 분이 재래시장 찾아와서

요즘 장사 잘 됩니까? 해도
보-ㅁ 모-니껴? 한다.
지을수록 밑지는 농사 짓는다고 업신여김당하고
애면글면해도 펴지지 않는 살림살이
우리네 기막힌 사정을
아-니는 아-고 모-니는 모-ㄴ다,
는 것이다

문상

이름이 상로인데 상노라 부른다
옛날 대갓집 노비 같다
이름값 하느라
자기 일 재껴두고 남의 궂은일 더 많이 했다
몸이 아파도 아프다고 말하지 않고
죽어도 죽었다고 알리지 않아
그의 장례는 쓸쓸했다 한다
바람 부는 목로주점에 앉아
없는 상로 형과 대작을 한다
상노 형, 한잔해
금세 빈 잔이다
빈 잔에 금세 참이슬 고인다

낙안

전화를 받았다
기다리는 이가 아닌, 낙안이다
문인들 찾아다니며
술과 여비를 신세지는
걸어 다니는 문인 주소록,
양심이라는 게 있어서,
를 입에 달고 산다
아침, 그를 만나러 간다
나의 외로움과 그의 외로움을 가늠하며……
장애인 수급비로 샀다는 선물이라며
내가 즐겨 피우는 담배 한 보루를 건네며
해장술을 하잔다
내키지 않는 아침 술 마셨다
더 마시자는 그를 차갑게 보내며
짠하여라, 나 또한 양심이라는 게 있어서
생각하노니 지금,
우리의 낙안(樂安)은 어디 있는가

회갑산에서

육십 년 걸려서 회갑산에 올랐어라
저기 저 화사한 들꽃을 보며
저기 저 푸른 신록을 보며
끝내 이루지 못했던 사랑을 생각하노라
끝내 넘을 수 없었던 벽을 생각하노라
육십 년 걸려서 회갑산에 올랐어라
저기 저 물드는 단풍을 보며
저기 저 흰 갈대꽃의 흔들림을 보며
고락과 격정에 울던 밤을 추억하노니
잘 가시라 추억이여, 헛된 욕망이여
피었다 지지 않는 꽃이 어디 있으랴
졌다가 피지 않는 꽃이 어디 있으랴
왔다가 가지 않는 것이 어디 있으랴
갔다가 오지 않는 것이 어디 있으랴

나이

살아갈 날보다 살아온 날이 더 많은 나이
오랜만에 등산복 입고 깔딱 고개 올랐다
다리는 풀리고 숨은 턱에 차오르는데
누군가 켜놓은 유행가
'내 나이가 어때서'라고 한다
어떻기는 뭐가 어때?
유행가 가사 하나도 고깝다
노랫말에는 사랑하기 딱 좋은 나이라지만
그래, 나는 지금 사랑 접기 딱 좋은 나이
산에 있기 딱 좋은 나이구나

진달래 피는 풍경

서울 큰 병원 갔다 오는

영감 기다리는데

저 멀리 영감 지팡이 짚고 오시네

그래, 다리는 고쳐준답디까?

아니, 연골인지 뭔지가 닳아서 가망 없다네

그럼, 이제 지팡이 짚고 살아야 되니껴?

그렇지 뭐

할미는 앞이 캄캄하다

아이고, 우리 영감 다리가 세 개 됐네

곁에 있던 수다쟁이 할머니

세 개는 뭐가 세 개?

내사 보이 네 개다마는

할미가 그 흔적만 남은

한 개의 다리를 추억하는 동안

앞산 진달래 지천으로 피고……,

있었다

제4부

2009년, 일식(日蝕)

하늘에선
2009. 7. 22. 9시 30분경
금세기 다시 보기 힘들다는
일식이 시작되었다
수업하다 말고
아이들과 밖에 나가 검은 유리 눈에 대고
하늘을 본다
달이 땀을 흘리며 해를 먹는 것을
우리는 땀을 흘리며 보고 있었다
2009. 5. 23. 새벽 지상에선
한 사내가 벼랑 끝으로 걸어가고 있었다

* 2009. 5. 23. 새벽 역사상 가장 청렴한 전직 대통령이 스스로 서거했
  다. 2009. 7. 22. 9시 30분경 일식이 있었다.

호모 폴리티쿠스

내가 억울해서 울었던 것은
가장 부도덕한 권력에 의해
가장 깨끗한 대통령이 죽어서다
내가 분노하는 것은
그 부도덕한 세력이 이직도
대한민국의 주류라는 것이다
내가 슬퍼하는 것은
그 부도덕한 주류를 지지하는
절반의 인민들이
나의 사랑하는 이웃이라는 것이다

삽질에 대하여

장에 갔다 오신 할매
별 이상한 꼴을 다 봤다 하신다
멀리서 보니
강물에 발을 담그고
황새가 먹이를 쪼는 줄 알았는데
가까이 가서 보니
무쇠로 만든 요상한 물건이
모래를 파먹고 있데그려
무서버라
팔십을 살아도 이런 일이 없었는데
세상이 다 됐는갑다
저러다가 강 다 잡아먹고
또 뭘 잡아먹을라 카노!

* 4대강 사업은 이명박 정부가 2008년 12월 29일 낙동강지구 착공식
  을 시작으로 2012년 4월 22일까지 22조 원의 예산을 투입해 추진한
  대하천 정비 사업이다. 4대강 살리기가 목적이었지만 4대강을 죽이
  고 말았다.

폐차장에서

자동차 아래 매달려

고운 사람 미운 사람

저마다의 주인을 싣고

바른 길 굽은 길 평탄한 길 험한 길

평생 달려온 타이어들

저마다의 지나온 길을 끌고

폐차장 구석에 늙은 하인들처럼 모여 있다

지나온 길 이야기하자면

밤을 새워도 모자라겠지만,

참 원만한 형상으로

말이 없구나

달동네

눈이 내려 세상은 지금 하얀 도화지
해님이 붓을 들어 글을 적는다
한 번 붓이 지나자
쓰라리게 드러나는 비백(飛白)
도시의 상처

기역이

노는 데 정신 팔려 아이들과 놀다가
저물녘에 살금살금 대문 들어설 때
쇠죽 쑤던 아버지 보지도 않고
지게 작대기를 휘둘러
기역 자로 거꾸러졌다
다시 도망갔다가 식구들 잠든 새
몰래 들어왔다
그게 아비의 사랑법인 시절도 있었다고
기역이는 글썽이며 소주잔을 비웠다

노동자 김 씨의 말

짐승은 먹잇감을 사냥하지만
배부르면 그만둔다
먹고살 만하면, 욕심
내리는 사람도 있지만
다 먹지도 못하고 죽을 거면서
남의 것 빼앗는 자도 있다고
지구라는 별에는 그런
짐승만도 못한 이도 있다고
해고 노동자 김 씨는
글썽이며 말했다

자전거 타기

대한민국 권력자들

용공이 아닌 것을 용공이라 처벌하고

종북이 아닌 것을 종북이라 한다

죄 없는 이를 죄인이라 가두고

죄를 짓고도 죄 없다 한다

100년 동안 그랬다

이웃 나라 일본도

침략을 하고도 침략이 아니라 한다

죄를 지으면 죄를 감추려고

또 다른 죄를 지으니

죄가 죄를 낳는도다

자전거를 타다가 멈추면 쓰러지듯이

죄짓기 멈추면 쓰러진다

달려라, 권력이여

걸레

세상의 티끌 지우려고
낮은 곳에 임하여
살이 해지도록
온몸으로 헤매었다
해지고 더러워져서
플라스틱 그릇에 쓰러져 있을 때
사람들 입을 열어 걸레라고 하는구나
그렇게 불러도 좋구나
그대 목소리도 밝고
세상이 밝아졌으니

장래희망

정규직도 정시에 출근하고
비정규직도 정시에 출근한다
하는 일도 같다
다만 비정규직은
봉급을 적게 받고
경영이 어려우면 언제든지 잘린다
우리 사회에는 감히 이렇게
회사의 경영 조건에 따라
언제든지 삶이 무너질 수 있는
비정규직이라는 것이 있다
헌법에는 인간답게 살 권리가
보장되어 있지만
비정규직에는 없다
동트는 대한민국의 아침 오늘도
비정규직도 정규직과 같이
정시에 출근한다
우리 아이들의 장래희망이
시인도 아니고 철학자도 아니고
정규직이라 한다.

너를 만나려고

너를 만나려고 북쪽 끝으로 갔다
너를 만나려고 전망대에 올랐다
누가 그어놓은 금 하나 넘지 못해
네 모습 끝내 볼 수 없었다
너를 만나려고 남의 나라로 돌아서
압록강, 그 강가에서 바라보았다
누가 그어놓은 금 하나 넘지 못해
네 모습 끝내 볼 수 없었다
네가 산다는 그 하늘가
사무치는 눈빛만 허공에 걸어두고
속절없는 발길 돌릴 수밖에 없었다
너를 만나러 갔다가 돌아오는 길
이름 모를 풀꽃만 바람에 흔들려라

한글반 교실에서

평생 문맹(文盲)으로 살아왔다는
할머니들께 한글 가르치며
문맹의 세월이 얼마나 캄캄하고 서러웠는지
비로소 알게 되었네

남과 북의 정상이 만나며
휴전선 너머로 말이 오가면서
땅값과 코스닥지수는 잘 알지만
북에 대해서는 장님이었음을
비로소 알기 시작했네

우리는 수십 년 동안
누구의 조종도 받지 않는 북을 괴뢰라 하고
북에는 있지도 않은 공산당을 무찌르자 했네
수십 년을 그렇게 있지도 않은 것을 향해
고래고래 소리치며 헛발질하며 살았네

글을 모르는 이를 문맹이라 하는데

모든 것 다 알아도 북을 모르는 남녘 사람들
북맹(北盲)으로 살아왔음을 이제 알겠네

문맹이나 북맹이나 같은 장님인데
장님이 장님에게 글 가르친다며
남녘의 한글반 교실에서 목청을 높였네

광화문 별곡

기미년 3월 1일 정오
삼천만 우리 겨레 하나 되어
대한독립 만세 부르는
경 긔 어떠합니까?

을유년 8월 15일
집집마다 숨겨두었던 태극기 들고 나와
거리마다 만세 부르는 흰옷 입은 사람, 사람들
경 긔 어떠합니까?

1960년 4월 19일
총칼을 두려워하지 않고 거리에 나와
독재정권 물러가라 외치는 꽃다운 학생들의 함성, 행렬
경 긔 어떠합니까?

친일에 뿌리박은 독재정권, 군사정권
그 부도덕한 권력에 온몸으로 맞서던
1980년 5월 18일, 1987년 6월

임을 위한 행진곡 부르며 끌려가던 피 묻은 세월
경 긔 얼마나 고락에 겨운 나날이었습니까?

그래도 부도덕의 주류는 흐름을 멈추지 않고
정의롭게 사는 이들, 땀 흘려 일하는 이들을
개, 돼지라 부르며, 종북이라 부르는
경 긔 얼마나 족같습니까?

꽃다운 우리 아이들 304명
차가운 물속에 가라앉는 순간에도
눈 하나 깜짝하지 않던 부도덕한 권력의
그 민낯이 온 세상에 드러났습니다, 아으
경 긔 얼마나 끔찍합니까?

2016년 11월 첫눈 오는 날
광화문을 밝힌 180만 촛불의 장엄함이여
방방곡곡 켜진 촛불 52만, 합하여 232만
임 시인과 소설가 경자 누님과

잠시 뒷골목에 스며들어 막걸리 마시는, 변방에서 올라온 위 날조차 모두 몇 분입니까?

수꼴에 대하여

잠자는 자는 깨울 수 있지만
자는 척하는 자는
깨우기 어렵네
잠들었음에도 깨어 있다고 믿는 자는
깨우기 더욱 어렵네.

여운형

아시아의 작은 왕의 나라 명문가에 태어나
신언서판 뚜렷이 갖추셨으나
왕조의 날은 저물어 나라는 바람 앞의 등불 같았지요.
누구보다 한발 앞서
노비문서 빚 문서 모두 불사르고
인민이 주인인 새로운 나라를 꿈꾸셨지요.

일본에 나라를 잃은 억울한 사정 세계에 알리려고
누구보다 한발 앞서
상하이에서 신한청년당 만들어
파리강화회의에 대표를 파견하고
동경으로 해삼위로 서울로 동지들 보내어
조선독립만세 운동을 예비하셨습니다.

3 · 1혁명의 숨은 일꾼이 선생인 것을 안 일본이
선생을 회유하기 위해 국빈 초대 했을 때
도쿄 제국호텔에서
일본의 만행을 규탄하고 조선 독립의 필요성을 역설하는

누구도 하지 못했던 명연설을 하여
조선에 사람이 있음을 만방에 알렸습니다.

해방되리라는 것을 미리 아신 선생은
누구보다 앞서
새로운 나라를 세우려고 비밀결사 건국동맹을 조직하
였고
해방 후에는 건국준비위원회를 만들어
우리 겨레 하나 되어 살아갈 새로운 나라를 예비하셨습
니다.

해방공간 여론조사에서 우리 겨레는
조선을 이끌어갈 양심적 지도자가 누구냐는 물음에
가장 많은 수효가 선생이라 답했습니다.
이승만 김일성을 합친 수를 웃돌았습니다.
찬탁이니 반탁이니 하며 권력다툼 할 때
누구보다 앞서
좌우합작의 통일국가를 주장했습니다.

1947년 그날, 혜화동 로터리의 총성과 함께
선생의 앞서가시던 발걸음도 멈추고 말았습니다.

남보다 앞서가는 이를 선구자라 하고
나보다 인민을 위해 일하는 이를 지도자라 한다면
선생은 우리 겨레의 참다운 선구자요 지도자이십니다.
선생이시여, 보시나요? 70년이 지난 지금
우리 겨레 하나 되게 하려던 선생의 뜻 헛되지 않아
삼천리강산 이 산 저 산 꽃으로 피어납니다.

제5부

빗소리

비는 소리가 없다
비가 잎을 만나야
비가 지붕을 만나야
비로소 빗소리가 된다
어둠에 누워
피아니시모로 연주하는
비의 서곡 듣는다
첫사랑 소녀가 들길을 가고 있다

안부

비 오는 날 너에게 전화를 했다
잘 지내니?
잘 있어요. 잘 계시지요?
응, 나도 잘 있어
…….
잘 지내지 못한다는 걸 서로 알고 있다
말의 통로인 전선이 비에 젖고 있었다

소를 잃다

소 풀 뜯기러 갔다

풀밭에 누워 하늘을 보다가 잠이 들었다

소를 잃었다

날이 저물어 마을 사람들 횃불 들고

소 찾으러 나갔다

새벽녘에야 소를 찾았다

소는 마구간에 갇혔다.

사람들 소 찾았다고 막걸리 사발로 목 축이는데

소는 큰 눈 껌뻑 껌뻑 하늘 본다

사람은 소를 찾았는데

소는 무언가 잃어버렸다는 듯

순한 눈 들어 먼 데를 본다.

집을 버리다

이팝나무 가지 사이에
콩새가 집을 지었다
콩만 한 게 조막만 한 집을 짓고
알을 까고 새끼를 길러
콩새 새끼가 날자 집을 버렸다
새는 새끼가 날면 집을 버린다
사람은 새끼들이 자라 집을 떠나도
집을 버리지 않는다
버리고 버리고 버려서 가벼워지면
하늘을 날 수 있으면
그때 사람도 집을 버릴까

빈집

낯선 마을 지나다가

낡은 초가집을 보았다

발길이 절로 집을 향한다

쥔장 계시는지요?

뉘신지요?

지나가는 나그넨데

갈 길은 멀고 날은 저물어

하룻밤 신세질 수 있는지요?

집이 누추하고 대접할 것은 없지만

괜찮으시다면 들어오시지요

주인의 은근한 말소리 들리지 않고,

빈방은 있지만 여자 혼자 사는 집이라

어떠실는지, 하는 절색의 여인도 보이지 않고

그리운 것 하나 들리지 않고

그리운 것 하나 보이지 않고

주인 없는 빈집 목련이 혼자 지네

헛간 바람만 거미줄 흔드네

낯설게 하기

눈물이 나면
콧물도 함께 난다
울다가 잠시 멈추고 코를 푼다
코 푼 휴지를 정리하여 쓰레기통에 버리고
주위도 한 번 둘러보고 다시 운다
눈물이 나면 콧물이 함께 나는 것은
슬퍼도 아주 슬퍼하지만
말라는 뜻이리라

사계

새로 돋는 풀잎을 보고
가지 끝에 피는 꽃을 본다고
봄이라네

푸른 나뭇잎 사이
볼 붉은 복숭아 수줍은 산딸기
열매 열린다고
여름이라네

나무들 푸른 치마를 벗고
붉은 치마로 갈아입는다고
가을이라네

풀과 나무와 새와 노루 새끼
눈보라 칼바람 속에서
겨우 살아남는다고
겨울이라네

지우개 들고

돌이켜보니 내 삶은
지우기의 연속이었네
학교에 다닐 때는
틀린 연필 자국 지우개로 지웠네
철들면서 어른이 되기까지는
하나둘 부끄러움을 지웠네
어른이 된 뒤로는 하나둘
헛된 바람을 지웠네
노인이 되어서도 지우개 들고
손으로는 무언가 자꾸만 지우면서
눈 들어 서편 하늘에, 누가 쓴
노을의 시 읽고 있네

풀벌레 소리

숲길을 걸었다
매미, 쓰르라미, 여치, 풀무치
풀벌레 소리 자욱하다
여름의 끝자락에서
저토록 애가 타서 울고 있는 것은
아직 혼례를 치르지 못해서일 게다
······
얼굴이 곱지 못해서일까
부모님 허락을 받지 못해서일까
혼례 비용이 없어서일까
······

바람의 말

느티나무 아래서 쉬고 있었네
무슨 소리인가 소리가 들렸네
바람이 느티나무 잎사귀와
수런수런 이야기하는 소리였네
바람은 풀과 나무를 흔들고
못살게 구는 줄만 알았는데
그게 아니었네
지구상 어느 종족에게서도 들어보지 못한 언어로
저희들끼리만 수런수런 한참을 이야기했네
대체 무슨 이야길 한 거야?
바람은 가고 나무는 시치미를 뗐네
이제야 알겠네, 바람과 나뭇잎의 말을
사람이 알면 다칠 수밖에 없다는 것을
세상이 참 고요한 오후였네

이리 오너라

저물녘 초라한 행색의 과객 하나 하룻밤 유할 곳 찾는다, 대갓집 솟을대문이 아닌 초가집 사립문 앞에서도 목청 돋우어 이리 오너라, 부른다. 그 집에 종이 없다는 걸 주인도 알고 객도 알기에 아무도 서로를 탓하지 않는다. 본디 없어서 듣지 못한 종놈이 잘못했을 뿐이다.

동백이 지네

어려서 영문도 모르게
아비 잃고 어미 잃고
뼈 빠지게 일하다가
젊음도 잃고 사랑도 잃고
보이스피싱으로 돈도 잃은 사내의 빈 가슴으로
뭉클 뭉클, 붉은
동백이 지네

눈이 내리네

창밖은 지금
야외 음악회 중
관객은
나무와 돌. 상처 받은 개 몇 마리
귀 없는 사물들
소리 없는 천사들의 합창 듣고 있네
관객들의 소리 없는
박수, 소리
소리

병신년

올해부터 지하철도 공짜로 탄다는 경로 우대가 되었다. 초등학교 졸업하지마자 재수도 하지 않고 바로 지게대학 갔다던 동무 얼굴이 스치고 나이 들면 배운 놈이나 안 배운 놈이나 같다던 말도 구름처럼 떠간다. 천재는 요절이라는데 경로 우대라니? 지난날 시랍시고 끄적였던 자음과 모음도 긴 그림자 끌고 비틀거린다. 누구는 밤중에 전화 걸어 가로등은 세로로 서 있는데 왜 가로등이냐고 묻고 얼른 전화 끊으며 개그 본능에 귀의해 산다는데 나는 어디에 귀의해야 하나? 사람도 엔트로피 법칙에 따라 쓸모없는 에너지가 되는가. 지하철 공짜로 타고 다다른 낯선 주막에서 흐린 술잔 마주하다. 잘 가라, 젊음이여, 남루했던 지난날이여, 나와 동행했던 가엾은 자음과 모음들이여.

작가회의 뒤풀이

시인은 저마다 별이다
시인들 모임은
장군들 모임보다 별이 많다
별의 무게가 너무 무겁다
뒤풀이 자리엔 언제나 술이 빠지지 않는다
시 이야기 하지 않고
가벼워지려고 술을 마신다
허튼소리 한다, 부서진다
가벼워져서 드디어 날아다닌다
내일 밤이면 어느 하늘에서
다시 반짝일 것이다

꽃이 피고 물이 흐르듯[1]

문종필

When I find myself in times of trouble

Mother Mary comes to me

Speaking words of wisdom let it be

And in my hour of darkness

She is standing right in front of me

Speaking words of wisdom let it be

Let it be let it be

Let it be let it be

Whisper words of wisdom let it be

And when the broken-hearted people

Living in the world agree

There will be an answer let it be

For though they may be parted

---

1 이 제목는 『노을의 시』에 수록된 「꽃은 피고 물은 흐르고」의 한 구절을 빌려온 것이다.

There is still a chance that they will see

There will be an answer let it be[2]

　권서각 시인은 『눈물반응』[3]과 『쥐뿔의 노래』[4] 이후 세 번째 시집 『노을의 시』를 내놓았다. 두 번째 시집 『쥐뿔의 노래』가 2005년에 발행되었으니 14년 만이다. 14년이라는 긴 시간을 셈해본 사람이라면 이 시간이 결코 짧지 않다는 것을 느낄 수 있다. 짧은 시간 안에 여러 권의 시집을 출판하지(-되지) 않으면 안 될 것 같은 작금의 문단 현실 속에서 긴 시간을 버틴 시인의 시집이 궁금하다.

　이 시집에서 가장 먼저 느낄 수 있는 것은 나이에 대한 것이다. "살아갈 날보다 살아온 날이 더 많은 나이"(「나이」)에 대한 흔적이 시집 곳곳에 묻어 있다. 가령, 이런 것들이다. 소원이 뭐냐는 시인의 대답에 할머니는 "그저 일찍 죽는" 것밖에 없다고 대답하게 되는데 할머니의 시선은 "새로 돋는 풀잎"(「역설」)에 멈춘다. 시인은 이 순간을 붙잡는다. 연민의 감정이 작동된 이 장면

2　이 곡은 《Let It Be》에 수록된 비틀스의 가장 유명한 곡인 〈Let It Be〉이다. 이 노래는 비틀스의 마지막 작업이었다. "존 레넌, 폴 매카트니, 조지 해리슨, 링고스타. 비틀스라는 그릇에 담기에는 각자의 음악 세계가 너무나도 커져 버린 네 사람이었다. 이제 그들은 비틀스라는 이름을 내려놓고 각자의 길로 떠나게 되었다. 그들이 해체를 선언한 바로 다음 달, 애플의 지하실에 감춰져 있던 그들의 작업물이 앨범으로 발표되었다. 그들의 마지막 작품인 《Let It Be》였다."(강백수, 『평화를 갈망한 슈퍼스타 존 레넌』, 자음과 모음, 2019, 161쪽.)

3　권서각, 『눈물반응』, 둥지, 1989.

4　권서각, 『쥐뿔의 노래』, 모아드림, 2005.

은 시인의 마음과 크게 다르지 않다. 또한 시인은 새해 첫날 동해 바다 해돋이를 바라보며 화창한 미래를 생각하기보다는 붉게 떨어지는 "노을"(「하이쿠풍으로」)을 응시한다. 지하철 경로 우대증을 받은 날에는 허심탄회하게 "잘 가라, 젊음이여, 남루했던 지난날이여, 나와 동행했던 가엾은 자음과 모음들이여"라며 젊은 시절의 '나'를 밀어낸다. 지금 시인은 끝을 생각하고 있다. 시인의 삶은 더 이상 경쾌하게 움직이지 않을 것 같다.

그러나 나이를 먹었다고 해서 쓸쓸하게 후퇴하는 것은 아니다. "이루지 못했던 사랑"과 "넘을 수 없었던 벽"(「회갑산에서」)이 그에게 존재했을지라도 시인의 삶이 의미 없는 것은 아니다. 젊음만이 가치 있는 것은 더더욱 아니다. 삶과 죽음이 함께 동행하듯이 젊음과 나이 듦도 함께 걸어간다. 두 요소 중 어느 것 하나 기울기를 측정하기 힘들다. 젊음이 우리에게 가치 있게 느껴지는 것은 이루지 못한 가능성이 그곳에서 숨 쉬고 있기 때문이다. 젊음 자체가 무조건 의미 있는 것은 아니다. 나이 듦 안에서도 가능성은 얼마든지 찾을 수 있다.

시인은 시집 제목을 '노을의 시'로 정했다. "저녁노을만큼의 미학적인 시 한 편"(「시인의 말」) 쓰기 위해서다. 시인은 자신이 살고 있는 무섬마을에서 여러 번 저녁노을을 쳐다봤고 그 풍경을 시에 담고자 했다.

느릿느릿 나무 의자 문밖에 내놓고 앉아
천천히 눈 들어 먼 하늘 바라본다
긴 여정을 끝낸 여름 해는

죽을힘을 다해 꼴깍 서산을 넘는다
하늘가에 붉은 노을로
절명시 한 편 걸어놓고

— 「노을의 시」 전문

시인은 문밖에 놓여있는 나무 의자에 앉아 하늘을 쳐다본다. 그때 거대한 붉은 노을이 시야에 들어온다. 그는 이 노을을 "절명시"로 명명하며 자신의 시가 이 풍경을 닮기를 바란다. 어쩌면 이것은 불가능한 것 속에서 가능성을 꿈꾸는 행위인지도 모른다. 매질이 다르기 때문이다. 하지만 시인은 언어로 이 풍경을 재현하려고 한다. 이 쪽 층에서 저 쪽 층으로 횡단하고자 한다. 이 광경은 "차마 못다한 말"(「갈대」)을 적는 것과 같다. 작은 담배 한 개비로 텅 빈 허전함을 "한 방 가득"(「시의 경제학」) 풍족하게 채우는 것과 유사하다. "느티나무 잎사귀"(「바람의 말」)가 바람에 부딪치는 수런수런한 소리를 표현한 것과 무관하지 않다.

대상

시에서 기교를 잘 활용하면 긴장 속에서 세련된 맛과 멋을 살릴 수 있다. 하지만 권서각 시인은 효율적인 이 방법을 사용하지 않고 묵직하고 담담하게 자신의 시를 노래했다. 그래서 일부 독자들은 편견을 가질 수 있다. 하지만 그는 상투적이지만 상투적이지 않는 시를 쓸 줄 아는 시인이다. 이 방법은 아무나 흉내낼 수 있는 것이 아니다.

그의 언어를 얼핏 바라볼 때 가볍게 느껴질 수도 있지만 시인은 틈을 허락하지 않는다. 가벼운 곳에 더 큰 진중함을 숨겨 놓는다. 시집을 천천히 읽어본 독자들이라면 상투적이지만 상투적이지 않는 마법을 어렵지 않게 경험할 수 있을 것이다. 시인은 솔직한 경험을 바탕으로 자신만이 부를 수 있는 노래를 성공적으로 완수했다. 그의 시집을 읽으면서 몇 편을 제외하고 버릴 시가 없다고 몽상했고 주변 친구들에게 추천해도 부끄럽지 않다고 생각했다.

이러한 배경에는 그가 쳐다보는 대상에 대한 태도도 한몫했다. 시인은 대상을 움켜잡으려 하지 않았다. 대상과 함께 주저앉고자 했다. 이 의지가 세다고 단언할 수는 없지만 시인의 몸을 힘 있게 밀고 있음은 부정할 수 없다.

> 자동차 아래 매달려
> 고운 사람 미운 사람
> 저마다의 주인을 싣고
> 바른 길 굽은 길 평탄한 길 험한 길
> 평생 달려온 타이어들
> 저마다의 지나온 길을 끌고
> 폐차장 구석에 늙은 하인들처럼 모여 있다
> 지나온 길 이야기하자면
> 밤을 새워도 모자라겠지만,
> 참 원만한 형상으로
> 말이 없구나
>
> ―「폐차장에서」 전문

시인은 우연히 폐차장 주변을 걸어 다녔나 보다. 평생 달려온 타이어들을 쳐다보며 그들이 겪어온 긴 생을 생각한다. 각각의 타이어들은 불평불만 없이 각양각색의 사람들을 모두 실어 날랐다. 바른 길과 굽은 길 평탄한 길과 험한 길 가리지 않고 힘겹게 통과했다. 그리고 지금은 끝에 서 있다.

이 시를 읽으면서 우리는 폐차장에 놓여 있는 타이어를 생각하는 것에서 멈추는 것이 아니라 자연스럽게 한 인간의 삶에 대해 생각하게 된다. 나를 생각하고 우리를 생각하고 가깝게는 형제들과 부모님의 얼굴을 떠올린다. 이러한 연상 과정을 셈하면서 우리는 나와 당신의 삶이 큰 차이가 없다는 것을 무의식적으로 깨닫게 된다. 언젠가는 우리 모두 "지나온 길"을 이야기할 수밖에 없기 때문이다.

시인은 낮은 곳에 버려져 있는 걸레를 쳐다보며 시적 순간을 확인하고 봄날 화사하게 핀 꽃을 함부로 부르지 못해 "돌아서서 소리 죽여/가만히 불러"(「벚꽃」) 본다. 나무들의 성장을 쳐다보고는 나뭇잎의 "손"(「나뭇잎은」)드는 시간과 손 내리는 순간을 붙잡는다. 상념에 빠져 숲길을 혼자 걷고 있을 때 우연히 떨어진 꿀밤을 맞고서는 "오래 잊었던 고향산천"(「꿀밤」) 모두를 소환시킨다. 짝짓기를 하지 못해 울어대는 풀벌레 노랫소리를 듣고선 혼례를 치르지 못한 그들의 '사연'을 생각한다. 이 사연은 부담 없이 우리들의 '사연'으로 확장된다.

이처럼 그는 대상을 슬기롭게 포착해 인간의 이야기를 덧씌운다. 이 방법이 인위적이지 않다. 그의 시가 인위적으로 느껴지지 않는 이유는 대상과 '나'가 진솔하게 만났기 때문이다. 시인을 위해 시를 재생시켰던 것이 아니라 시가 시인에게 다가오기를 기다렸던 것이다. 그가 14년 만에 시집을 낸 이유를 짐작할 수 있다.

> 비는 소리가 없다
> 비가 잎을 만나야
> 비가 지붕을 만나야
> 비로소 빗소리가 된다
> 어둠에 누워
> 피아니시모로 연주하는
> 비의 서곡 듣는다
> 첫사랑 소녀가 들길을 가고 있다
>
> ─ 「빗소리」 전문

이 시도 마찬가지다. 하늘에 비가 떨어지고 비는 지붕에 부딪치며 소리를 만들어낸다. 이 소리를 시인은 "비의 서곡"이라고 부르며 부딪침을 중요하게 여긴다. 부딪침은 또다시 만남으로 확장되고 한 소녀의 첫사랑 이야기로 번진다. 이 시는 젊다. 봄을 기다리게 만든다.

그가 이런 기술을 터득한 것은 "내비도(道)"(「내비도」)의 철학에서 출발하는 '자연스러운 것'을 지향하고 있기 때문이다. 그에게 자연스러운 것은 이로운 것이다. 이 흐름을 막는 것은 불순한 것으로 간주된다. 이러한 철학을 내장한 시인이 부조리와 직면했을 때 얼굴색이 변하는 것은 너무나 당연하다.

아프지 않다고 했다
입원하지 않겠다고 했다
아무리 꼼수가 대세라지만
의사 면허도 없는 자들이
멀쩡한 고로쇠나무 옆구리에 빨대를 꽂고
오줌통을 달아놓았다
그래도 명색이 민주공화국인데
이른 봄 고로쇠, 오줌통을 단 채
아랫도리도 가리지 못한 채
대한민국 산비탈에
억울한 자세로 서 있구나

—「고로쇠」 전문

이 시는 고로쇠나무에 빨대를 꽂고 수액을 담아내는 인간의
모습을 그렸다. 누군가의 눈에는 고로쇠 수액이 돈벌이 수단에
불과해 보이지만 시인에게는 그렇지 않다. 고로쇠나무는 인간
과 동일한 생명체다. 부끄러움을 느낄 수 있는 인간과 크게 다
르지 않다. 그렇기 때문에 이 행위는 자연스럽지 않을 뿐만 아
니라 불합리하다. 유머와 재치를 동시에 가지고 있는 시인이 당
당한 전사로 변하는 계기는 이곳에서 시작된다.

정치

시인은 자연스러운 것을 거부하는 것에 반기를 든다. 정치 영
역만큼 부조리한 것은 없으니 그가 정치 영역에 관심을 보이는
것은 너무나 당연하다. 시인은 "죄를 짓고도 죄 없다"(「자전거 타

기)고 발뺌을 빼는 대한민국 권력자들과 "이웃 나라 일본"을 비판한다. "다 먹지도 못하고 죽을 거면서/남의 것 빼앗는"(「노동자 김 씨의 말」) 가진 자들을 경계한다. 대한민국의 주류가 여전히 "부도덕한 세력"(「호모 폴리티쿠스」)이라는 점을 문제 삼고 "우리 아이들의 장래희망이/시인도 아니고 철학자도 아니고/정규직"(「장래희망」)이라는 사실에 한탄한다. 우리가 서 있는 지금 이곳은 썩고 또 썩었다. 탈출구가 없어 보인다. 하지만 탈출구가 없어 보여도 짓밟힌 우리들은 늘 항상 일어섰던 과거를 간직하고 있다. 우리들은 잡초처럼 쓰러지지 않았다.

기미년 3월 1일 정오
삼천만 우리 겨레 하나 되어
대한독립 만세 부르는
경 긔 어떠합니까?

을유년 8월 15일
집집마다 숨겨두었던 태극기 들고 나와
거리마다 만세 부르는 흰옷 입은 사람, 사람들
경 긔 어떠합니까?

1960년 4월 19일
총칼을 두려워하지 않고 거리에 나와
독재정권 물러가라 외치는 꽃다운 학생들의 함성, 행렬
경 긔 어떠합니까?

친일에 뿌리박은 독재정권, 군사정권
그 부도덕한 권력에 온몸으로 맞서던

1980년 5월 18일, 1987년 6월
임을 위한 행진곡 부르며 끌려가던 피 묻은 세월
경 그 얼마나 고락에 겨운 나날이었습니까?

그래도 부도덕의 주류는 흐름을 멈추지 않고
정의롭게 사는 이들, 땀 흘려 일하는 이들을
개, 돼지라 부르며, 종북이라 부르는
경 그 얼마나 족같습니까?

꽃다운 우리 아이들 304명
차가운 물속에 가라앉는 순간에도
눈 하나 깜짝하지 않던 부도덕한 권력의
그 민낯이 온 세상에 드러났습니다, 아으
경 그 얼마나 끔찍합니까?

2016년 11월 첫눈 오는 날
광화문을 밝힌 180만 촛불의 장엄함이여
방방곡곡 켜진 촛불 52만, 합하여 232만
임 시인과 소설가 경자 누님과
잠시 뒷골목에 스며들어 막걸리 마시는, 변방에서 올라온
위 날조차 모두 몇 분입니까?

— 「광화문 별곡」 전문

이 시는 한국근현대사를 관통한다. 3·1운동을 시작으로 8·15해방, 4·19혁명을 거쳐 피와 통곡의 바다가 되었던 5·18, 6월 항쟁, 세월호의 아이들과 촛불혁명까지의 시간을 다룬다. 이 장면은 할아버지와 할머니와 아버지와 어머니와 누나

와 동생들이 겪어야만 했던 우리의 역사다. 그 누구의 것이 아니라 우리가 함께 품어야 했던 슬프고 기쁜 역사다. 우리 한국 현대사는 늘 항상 이렇게 쓰러지고 다시 일어나 새로운 길을 만들었다. 두 주먹을 움켜쥐고 다시 힘겹게 우뚝 섰다. 하지만 여전히 미흡한 것이 산재되어 있다. 시인의 말처럼 "부도덕의 주류"는 여전히 건재하다. 한국 현대사의 모순은 마를 틈이 없다. 곰팡이처럼 오히려 더 부풀어 오른다. 정전 협정을 맺은 지 66년이 지났지만 남과 북이 여전히 갈라져 있다는 사실도 이러한 모순을 증명한다.

> 너를 만나려고 북쪽 끝으로 갔다
> 너를 만나려고 전망대에 올랐다
> 누가 그어놓은 금 하나 넘지 못해
> 네 모습 끝내 볼 수 없었다
> 너를 만나려고 남의 나라로 돌아서
> 압록강, 그 강가에서 바라보았다
> 누가 그어놓은 금 하나 넘지 못해
> 네 모습 끝내 볼 수 없었다
> 네가 산다는 그 하늘가
> 사무치는 눈빛만 허공에 걸어두고
> 속절없는 발길 돌릴 수밖에 없었다
> 너를 만나러 갔다가 돌아오는 길
> 이름 모를 풀꽃만 바람에 흔들려라
>
> ― 「너를 만나려고」 전문

남북이 갈라진 것은 우리의 탓이기도 하지만 외세의 탓도 컸다. 그래서 더욱더 남과 북은 하나로 합쳐져야 한다. 더 이상 우리는 너를 만나기 위해 애쓰지 말아야 한다. 너를 보기 위해 압록강까지 갈 필요는 없다. 손을 뻗어 자연스럽게 붙잡을 수 있어야 한다.

삶

권서각 시인의 시중 대상을 쳐다보며 우리의 이야기를 덧씌운 시편도 좋고 정치시도 좋지만 무엇보다 '삶'의 통찰을 그려낸 시편들이 마음에 든다. 이 시들은 대부분 체험에서 우러난 작품으로 시인의 삶이 여과 없이 투영되었다. 그래서 더욱더 신뢰하게 되는 것 같다. 「날이 저물면」의 경우 선배 시인의 시 형식[5]을 그대로 빌려온 흔적이 느껴져 멈칫했지만, 자신만의 방식으로 풀었기에 이 시도 기분 좋게 읽었다. 이 중 가장 마음에 들었던 것은 「대동소이」와 「낟알」이다. 이 시를 오래 두고 바라본 이유는 시에 숨겨진 적당한 유머[6] 때문이다.

이 풍진 세상에 한 알의 낟알로 태어나
껍질이 벗겨지는 아픔을 겪으시고
쌀

---

5 김준태 시인의 「감꽃」을 의미한다. 이 시에서 '-세다'라는 의미는 「날이 저물면」과 비슷한 구조를 가지고 있다.

6 권서각 시인의 유머는 성적인 것을 통해 드러나기도 한다. 「단비」와 「진달래 피는 풍경」 등이 이에 속한다, 이러한 특징들도 나이 듦과 무관하지 않다.

이 되시다
뜨거운 솥에서 고난을 겪으시고
밥
이 되시어, 도반들과 더불어
구절양장 머나먼 고행의 길을 거쳐
해우소에서 면벽수도, 용맹정진 하시다가
문득, 해탈하시어
똥
의 형상으로 부활하시다
이 밭 저 밭 다니시며
이 세상 살아 있는 것들의
거름이 되시더라

— 「낟알」 전문

한 알의 낟알은 쌀이 되고 밥이 되고 머나먼 고행의 길을 거쳐 결국에는 '똥'이 된다. 똥이 똥으로 끝나지 않고 "이 밭 저 밭 다니시며/이 세상 살아 있는 것들의/거름"이 된다. 너무나 당연한 이야기처럼 느껴지지만 이 시는 삶과 죽음의 순환을 다루고 있기에 가벼운 웃음으로 넘기기가 쉽지 않다. 하지만 '–시고', '–하시어' '–하시다가' '–다니시며', '–되시더라'라는 표현으로 인해 입 사이로 흘러나오는 가벼운 웃음을 기꺼이 받아들여야 한다.

초등학교 졸업하자마자
재수도 하지 않고 지게 대학 갔다던 친구
내 이름 부르지 않고 권 박사라 부른다

나란히 서서 오줌 누다가 힐끗 보고 왈
대동소이하네, 낄낄낄
몸으로 수고로이 살아온 너나
골머리 썩이며 살아온 나나
친구야, 우리 참으로
대동소이(大同小異)하구나

—「대동소이」 전문

시인을 권 박사라고 부르는 친구는 몸을 학대해 "수고로"운
삶을 살았다. 화자는 "골머리 썩이며" 살아왔다. 삶을 버텨낸 두
과정이 다르다. 그런데 어느 날 두 친구는 소변을 누러 간다. 그
때 친구가 한마디 던진다. "대동소이"하다고 말이다. 이 말은 유
머이지만 유머가 아니다. 진지한 맥을 짚고 있다. 이 시는 서로
하는 일이 다르고 셈하는 방식이 다를 뿐 인간은 동일하다는 것
을 알려준다. 누군가는 내용이 아닌 '형식'적인 측면을 값진 것
으로 여기며 상징적인 의미만을 치켜세울 수 있지만 이 형식은
다른 것일 뿐 차별을 논할 순 없다. 우리는 상징계를 횡단해야
만 한다. 인간은 누구나 동일하다.

시인

권서각 시인은 이런 사람이다.

그는 "혼자 울어본 적 있는"(「도라지 까며 울다」) 끝순이와 함께
눈물을 흘릴 줄 아는 사람이다. "자기 일 재껴두고 남의 궂은일
더 많이"(「문상」)하던 상로 형과 대작을 하며 슬픔을 나눌 수 있는

사람이다. "잘 지내지 못한다는 걸"(「안부」) 서로 잘 알고 있음에
도 불구하고 잘 지내고 있다며 자신을 감출 수 있는 사람이다.
어색하더라도 짠하기 때문에 "내키지 않는 아침 술"(「낙안」) 자리
를 피하지 않는 사람이다.

안주는 뭘로 하실래요?
아무거나 주소, 하면
그런 안주 없는데요
하기 일쑤지만, 무섬마을
'꽃은 피고 물은 흐르고'의
수염 긴 주인장은 다르다
아무거나 주소, 하면
예, 하고 정말 아무거나 가지고 와서
아무거나 나왔니더, 한다
거침이 없고 막힘이 없어라
꽃이 피고 물이 흐르듯

— 「꽃은 피고 물은 흐르고」 전문

시인은 거침이 없고 막힘이 없는 자연스러운 것을 좋아한다.
그의 세 번째 시집은 인간미가 넘친다. 이런 인간미는 자랑해도
아깝지 않다. 권서각 시인의 시집을 가슴속에 품으면 다가오는
겨울을 따뜻하게 보낼 수 있을 것 같다. 그의 시집에는 조근조
근한 온기가 피어오른다. 굳고 갈라진 손가락이 쉴 수 있을 것
같다.

文鍾弼 | 문학평론가

푸른사상 시선 114

노을의 시